Extrait du Bulletin de la Société polymathique du Morbihan

LES DÉPOTS DE L'AGE DU BRONZE

DANS LE MORBIHAN (suite)

Analyses de Bronzes protohistoriques

du Morbihan

Par Louis MARSILLE

ANCIEN PRÉSIDENT DE LA SOCIÉTÉ POLYMATHIQUE DU MORBIHAN

VANNES

IMPRIMERIE GALLES, PLACE DE L'HOTEL-DE-VILLE

1921

LES DÉPOTS DE L'AGE DU BRONZE

DANS LE MORBIHAN

(suite)

J'ai publié dans le Bulletin de la Société polymathique du Morbihan — année 1913, p. 49-109 — une liste de 31 dépôts de l'âge du bronze trouvés dans le département. Mais quelques découvertes m'avaient échappé ; d'autres ont eu lieu depuis cette époque. Ce second travail complètera le premier. On sait qu'un dépôt se compose d'un certain nombre d'objets groupés et enfouis intentionnellement en dehors d'une sépulture.

32. — Dépôt de Keran, en Bignan

A moins de deux kilomètres au nord du bourg de Bignan, un grand espace inculte, couvert d'ajoncs, porte le nom de « lande de Keran ». Le sol appartient aux schistes à minéraux de la bande de Locminé. Vers le nord de la lande, ces schistes sont traversés par un filon de quartz stérile exploité pour l'empierrement. Vers la fin d'avril 1914, des ouvriers exploitaient ce filon de quartz. En déplaçant un gros bloc de la surface, l'un d'eux, Jacques Corbel, crut découvrir un reptile enroulé sur lui-même et bien vite décocha un coup de pioche. Le choc rendit un son clair et des objets de métal s'éparpillèrent. Sous ce bloc détaché, au sommet dénudé du filon, l'ouvrier venait de mettre au jour un dépôt de l'âge du bronze composé de bracelets placés les uns au-dessus des autres, et cette position des objets, leur éclatante patine vert clair, expliquent l'illusion du carrier. Dans le vide cylindrique obtenu par l'entassement des bracelets se trouvaient un certain nombre d'objets divers. Le coup de pioche les envoya dans toutes les directions et ne fut pas sans causer quelque dommage. Peu après j'allais sur place, conduit par notre collègue M. Arthur de la Villesboisnet, et j'acquis pour le Musée de la Société tout ce que nous pûmes retrouver de ce dépôt, savoir :

13 bracelets intacts — 2 bracelets complets mais brisés en deux parties — 2 moitiés de 2 bracelets — 2 petits fragments appartenant à un même bracelet.

2 rivets — 2 cônes de coulée — 2 tranchants de haches en bronze — 1 lingot.

Au total, 26 pièces ou fragments pesant ensemble 2^k,070.

1º *Les bracelets*. — L'examen des 18 bracelets que contenait le dépôt permet les observations suivantes :

a) Tous sont *massifs*.

b) 17 sont *ouverts* — 1 seul est *fermé*, encore porte-t-il, *simulés*, deux petits renflements terminaux (fig. 2, N° 1298). Sur les 17 bracelets ouverts, 3 ont leurs extrémités rapprochées ; l'ouverture des autres varie entre 0^m,009 et 0^m,038.

c) 8 sont à section demi-circulaire : l'un d'eux a la face intérieure légèrement concave — 2 sont à section ovale — 8 sont à section plus ou moins quadrangulaire, asymétrique, la face extérieure convexe. L'asymétrie doit tenir parfois à un glissement du moule.

d) Tous vont en diminuant d'épaisseur vers les extrémités : 2 se terminent en pointe, dont 1 lisse — 6 se terminent par un léger renflement — 10 ont leurs extrémités obtuses.

e) 2 sont lisses — les 16 autres offrent une ornementation variée au possible : il n'y en a pas deux semblables. C'est, tracée au burin, la décoration géométrique habituelle comprenant des chevrons, des dents de loup, des segments de cercle et des losanges. Des hachures obliques remplissent souvent le champ des chevrons ou des losanges. Des lignes pointillées encadrent fréquemment ces divers motifs. Le damier se rencontre sur deux exemplaires. (V. la planche ci-contre ; 7 bracelets sont dessinés déroulés pour que l'on puisse mieux saisir cette ornementation.)

f) Le poids de chaque bracelet varie entre 180 et 80 grammes. Le plus grand mesure comme diamètres intérieurs 70 et 60 millimètres ; le plus petit, 58 et 48 millimètres.

Le Dépôt de Bignan.
(Morbihan)

Echelle ⅓ gr.

L.Marsille del. 1918

g) J'ai prélevé les deux petits fragments du dernier bracelet dans le but de les faire analyser. Les événements m'ont empêché de réaliser ce désir. Autant qu'on peut en juger par la couleur du métal et la dureté sous la lime, ce bronze est homogène et la teneur en étain assez élevée.

2° *Les rivets* (?) — ou boutons doubles hémisphériques. — Au nombre de deux et remarquablement identiques. Tous deux mesurent 18 millimètres de longueur, 8 millimètres d'épaisseur, et les têtes, en forme de calotte sphérique, 12 millimètres de diamètre moyen. Dans chacun des deux exemplaires, les deux têtes penchent l'une vers l'autre comme s'ils avaient été destinés à réunir deux plaques dont l'épaisseur allait en diminuant brusquement (fig. 12).

Ces rivets ont pu servir à fixer une lame d'épée à sa poignée : les glaives égéo-mycéniens montrent, aux débuts, des dérivés très évolués de l'ancien poignard à soie. Après un type à lame effilée et à soie mince et courte avec petits rivets, apparaît un autre type à lame effilée et à large soie plate avec gros rivets. Un type assez répandu dans l'ouest de la France est l'épée à base arrondie dont la lame est fixée à une poignée en bronze par des rivets assez gros.

3° *Les cônes de coulée.* — Ces deux cônes ou boutons de coulée appartenaient à des haches de bronze. Détachés du talon de ces haches, ils se terminent par une lame plus épaisse vers son milieu.

4° *Deux tranchants de haches en bronze.* — Leur largeur est de 0m,045 et 0m,043. Ils devaient appartenir à des haches à talons. J'ai sous les yeux la reproduction de bracelets identiques à ceux de Bignan trouvés dans des dépôts de la Seine-Inférieure avec des haches à talons (dépôt de Rosay : 2 bracelets, 1 fragment de bracelet, 1 pointe de lance à douille et 6 haches à talons — dépôt de Hanouard : 5 bracelets du même type et 20 haches à talons, etc...) Je relève également dans le Finistère l'existence de bracelets *striés* (sic) accompagnés de haches à talons, par exemple dans le dépôt de Kergoustance en Plomordiern. Je pourrais multiplier ces rapprochements. Je les juge inutiles, aucun doute ne pouvant s'élever sur l'âge du dépôt de Bignan : phase III de l'âge du bronze.

5° Un *lingot* de bronze sans particularité et pesant 220 grammes a été recueilli avec les objets ci-dessus.

33 — Dépôt de Kervihan, en Carnac

Ce dépôt se réduit à peu de chose : deux pointes de lance à douille en bronze. Mais il offre ceci de particulier que ces objets étaient enfouis dans un petit tumulus recouvrant un monument de faibles dimensions. Vers 1884, l'entrepreneur chargé de la construction de la propriété habitée aujourd'hui par notre collègue M. Émile Sageret, rasa le tout et découvrit les pointes de lance à une extrémité du tumulus. Enfouissement postérieur à l'érection du dolmen et de sa chape. Dans le dolmen on trouva quelques haches de pierre sur un lit de galets. Signalons en passant le plan assez curieux de ce monument : une sorte d'allée était inscrite dans la chambre, séparant par conséquent celle-ci en trois compartiments.

Ces deux pointes de lance ont été offertes au Musée de la Société polymathique par notre collègue. Elles appartiennent au type si commun de lance à douille allongée munie d'ailettes en forme de feuille de saule, sans boucles ni œillets latéraux. Longues de 0m,15, elles présentent cependant une petite particularité que je retrouve sur une autre lance provenant de Pleucadeuc. Une sorte de nervure ou léger filet en relief renforce la base des ailettes des deux côtés et le long de la douille (1).

Celle-ci est perforée de deux trous transversalement ovales où s'engageait une goupille de bronze pour assujettir l'emmanchement. Nous trouvons très fréquemment la pointe de lance

(1) Les pointes de lance à douille n'apparaissent dans le Morbihan qu'avec les dépôts de l'âge III. Dans leur ensemble, elles sont plutôt petites. La plus grande de celles possédées par le Musée de la Société est celle du dépôt de Cornospital, en Saint-Tugdual : long. 0m,190. Celles des dépôts de l'âge IV sont en majorité plus petites encore : le dépôt de Kergal, en Guidel, en possédait une de 0m,094.

Presque toutes ont les ailettes en forme de feuille plus ou moins lancéolée, c'est-à-dire que les bords extérieurs sont convexes ; cependant une lance du dépôt de Questembert (âge IV) a les bords concaves. — Presque toutes sont simples et unies ; cependant un fragment de lance du dépôt de Questembert est orné sur la douille et *les ailettes* de lignes parallèles et de cordons de cercles ou de segments simples ou concentriques avec point au centre. Une petite lance du dépôt de Kerhar, en Guidel (âge IV) est losangique et porte à la naissance des ailettes deux appendices latéraux. — Une autre pointe de lance, donnée par M. de Keranflech, est ornée sur les ailettes, le long des bords, de deux lignes pointillées encadrant un léger filet en relief, etc...

à douille dans les dépôts contenant des haches à talons (âge du bronze III) comme dans ceux contenant des haches à ailerons seules ou associées à des haches à douille (âge du bronze IV). Il est donc difficile, lorsque ces pointes sont seules comme ici, de les attribuer à l'une ou l'autre phase.

34. — Dépôt de Trégorf, en Surzur

Notre collègue M. Drouart, de Surzur, me signala ce dépôt « découvert en 1890 par un cultivateur de Trégorf, M. Joseph Pédron, dans une cachette à fleur de sol située dans une friche nommée Lan-Pen-Inis, non loin du moulin à vent de l'Épinay ».

Il se composait de :

Quatre haches à talons et anneau latéral.

Une pointe de lance à douille.

Une matrice (?)

J'ai retrouvé tous ces objets à Vannes, chez notre collègue M. Rialan, dont le père avait acquis le dépôt peu après sa découverte.

Trois des haches sont identiques, chacune mesurant $0^m,160$ de long. et pesant 275 grammes ; la quatrième, de même longueur, mais plus massive, pèse 590 grammes.

La matrice est un objet carré en bronze de $0^m,065$ de côté et $0^m,020$ d'épaisseur, percé au centre d'un trou de $0^m,020$ de diamètre et présentant sur ses côtés une série d'encoches.

M. A. de Mortillet, à qui j'ai communiqué un dessin de cette pièce, y voit une matrice destinée à gaufrer des feuilles ou des rubans en tôle de bronze.

M. Rialan a offert au Musée de la Société polymathique la plus grosse des haches et la matrice.

35. — Dépôt de Plougoumelen

Pendant les vacances de l'année 1909, passant par Plougoumelen, je rendis visite à l'instituteur, qui me montra trois lingots de bronze de tailles différentes. Il ajouta que le maire et le curé en possédaient chacun au moins un autre. Tous ces lingots avaient été retirés d'une petite excavation survenue à la suite de l'incendie des herbes d'une prairie située près et au nord du bourg. Les circonstances de cette trouvaille donnèrent naissance à une légende que je trouvai très enracinée encore en 1909 au moment de mon passage. On crut voir dans ces lingots de bronze trouvés au fond d'un trou les débris d'un aérolithe qui se serait brisé dans sa chute et aurait communiqué le feu aux herbes de la prairie. Très aimablement l'instituteur m'offrit un lingot de taille moyenne pesant 350 grammes.

36. — Dépôt de Coët-Daly en Pluherlin

Ce dépôt m'a été signalé en 1914, peu après sa découverte, par notre collègue M. Roger Grand. Il avait été trouvé sur une des fermes dépendant du château de Coët-Daly et comprenait :

8 haches à talons sans anneau — 2 bracelets.

37. — Dépôt de Nivillac

Des ouvriers creusant un fossé dans la parcelle N° 1.208 de la section G du plan cadastral de la commune de Nivillac découvrirent vers 1900 un vase de terre contenant dix-sept haches à talons sans anneau, en bronze, presque toutes semblables. Neuf d'entre elles furent acquises par MM. Paul de Berthou et Paul de la Jousselandière.

(Renseignement de M. Aveneau de la Grancière.)

38. — Dépôt de Saint-Barthélemy

En 1889, M. le recteur Carel faisait construire une école dans une lande qui touche le presbytère. En creusant les fondations du mur de clôture, les ouvriers trouvèrent à 0m,25 de profondeur trois haches à trois ou quatre mètres les unes des autres (1). Ces haches étaient du même type, mais d'inégale grandeur.

D'après une lettre du recteur qui m'est aimablement communiquée par M. Aveneau de la Grancière, je pense que ces haches étaient à talons sans anneau : l'une d'elles, que M. Carel avait conservée, mesurait 0m,09 à 0m,10 de longueur 0m,05 de largeur et 0m,03 d'épaisseur.

(1) Cette dispersion était fort probablement due à des travaux de culture antérieurs.

39. — Dépôt de Treffléan

Haches à talons sans anneau en nombre inconnu. Le maire de la commune en donna deux à M. le chanoine Le Mené. Elles sont aujourd'hui au grand séminaire de Vannes.

40. — Dépôt de Pleucadeuc

Au moins deux pointes de lances à douille données par M. Faglin à M. le chanoine Le Mené. L'une est ajourd'hui au Musée de la Société polymathique, l'autre au grand séminaire de Vannes.

41. — Dépôt du Couëdic en Noyal-Pontivy

Découvert en mai 1908. Un vase enfoui à 0m,10 de profondeur, et qui fut malheureusement brisé en le retirant, renfermait : 5 haches à ailerons et anneau latéral, dont une à ailerons médians, et quelques fragments de deux autres haches à ailerons — quatre fragments de plusieurs haches à douille — 2 gouges à douille ronde — 3 pointes de lance à douille — 4 fragments d'épées paraissant appartenir à des pièces différentes — une pointe d'épée ou de poignard — 2 pommeaux d'épées ou de poignards — un fragment de lame de couteau ou de rasoir — 2 bracelets massifs et fragment d'un troisième, les deux premiers à section triangulaire et renflés aux extrémités, le troisième constitué par une tige plate — 2 fragments d'un ou de deux colliers — 1 bague massive, tige torse, à bouts superposés — 1 fragment de disque ou phalère à bossette muni d'une bélière — 1 fil de bronze — 3 lingots — Débris divers indéterminés. (Collection Aveneau de la Grancière.)

42. — Dépôt de l'îlot du Nihen, commune de Belz

C'est en 1884, sur le bord de la mer, dans l'îlot du Nihen, que ce dépôt fut trouvé. Il se composait d'une hache à ailerons — de fragments d'épées, de poignards et de pointes de lance à douille — de bracelets, boutons, anneaux et d'un collier de 42 grains de bronze avec spirales. Ce dépôt est entré au musée de Kernuz. (Renseignement de M. du Chatellier à M. Aveneau de la Grancière.)

43. — Dépôt de Kerclément en Belz

En 1886 on découvrit près du village de Kerclément 66 haches à douille quadrangulaire et à anneau latéral fort bien conservées et disposées en cercle.

Parmi ces haches, trois étaient ornées de filets en relief terminés par des points. Elles ont été dispersées.

(Lettre de M. Z. Le Rouzic à M. Aveneau de la Grancière en date du 13 décembre 1898.)

44. — Dépôt de Kerhuen en Belz

Une trouvaille de haches à douille dans le genre de celles de Kerclément fut faite en 1874 ou 1875 au bord de la rivière d'Étel, non loin du village de Kerhuen ; là les haches étaient réunies par un fil métallique.

Ce renseignement me vient par les mêmes collègues. Le détail qu'il apporte est intéressant mais n'est pas unique. Les milliers de petites haches à douille de Maure-de-Bretagne étaient également réunies par un fil métallique passant par l'anneau.

45. — Dépôt de Toulan en Riantec

Un propriétaire de Riantec, M. Macé, recueillit, avant 1898, en défrichant un terrain dans sa propriété de Toulan, à la limite des deux communes de Riantec et de Plouhinec, un dépôt de 30 à 40 haches à douille quadrangulaire et anneau latéral du type le plus commun. Elles mesuraient 0^m,125 de longueur en moyenne et 0,^{m}083 de profondeur intérieure.

(Lettre de M. Gaillard père, en date du 18 avril 1898, à M. Aveneau de la Grancière.) Le même renseignement m'était d'ailleurs parvenu par une autre voie.

46. — Dépôt de Caden

Une découverte de haches à douille quadrangulaire et anneau latéral en plomb est signalée dans cette commune par Maudet de Penhouët. Le manuscrit où se trouve mentionnée cette découverte était en la possession du Dr G. de Closmadeuc qui en fit le sujet d'une communication à l'une des séances mensuelles de la Société polymathique (*Bull.* année 1888, pr.-verb. p. 30).

2

47. -- Dépôt de Kerboulard, en Elven

Le procès-verbal de la séance de la Société polymathique du 28 novembre 1877 mentionne la découverte de fragments d'épées en bronze à Kerboulard, en Elven (*Bull.* 1877, pr.-verb. p. 189) (1).

Les 47 dépôts connus trouvés dans le Morbihan se répartissent ainsi :

1° **Age du bronze I et II.** — Un dépôt de deux haches *plates* : Pluherlin (lande de Lanvaux).

Il n'a été, jusqu'à ce jour, découvert dans le département aucun dépôt de haches *à bords droits*.

2° **Age du bronze III.** — Haches à talons avec ou sans anneau latéral ; pointes de lance à douille ; épées à soie ou à languette ; bracelets massifs, ouverts, unis ou avec décoration géométrique au burin, etc....

17 dépôts : Bangor en Belle-Ile-en-Mer — Caudan (la Montagne du Salut) — Erdeven — Guern (Fourdan) (2) — Inzinzac (Brangolo) — Noyal-Pontivy (étang de Kergoff) — Plescop (marais de Brenolo) (3) — Pleucadeuc — Saint-Dolay — Saint-Tugdual (Cornospital) (4) — Bignan (Keran) — Carnac (Kervihan) -- Surzur (Trégorf) — Pluherlin (Coët-Daly) — Nivillac — Saint-Barthélemy — Treffléan.

3° **Age du bronze IV.** — 27 dépôts se répartissant ainsi :

7 dépôts dans lesquels les haches à ailerons sont accompagnées de haches à douille ronde et tranchant élargi et d'une

---

(1) Je sais que d'autres dépôts de l'âge du bronze ont été trouvés dans le Morbihan, notamment dans la commune de Locoal-Mendon, mais je n'ai pu obtenir de détails sur leur composition.

Les notes qui suivent apportent quelques renseignements nouveaux sur la composition des dépôts de l'âge du bronze que j'ai publiés dans le Bulletin de la Société polymathique du Morbihan, année 1913, p. 49-109.

(2) Une dixième hache à ailerons et un second marteau à douille ont été découverts depuis la publication de ce dépôt et sur son emplacement. (Coll. A. de la Grancière.)

(3) Le procès-verbal de la séance du 27 juin 1899 de la Soc. polym. mentionne la présentation de haches de bronze appartenant à M. Chatel, découvertes le mois précédent à Brenolo, en Plescop. M. Lallement a offert au Musée de la Société la hache à talons et anneau provenant de ce dépôt qu'il possédait.

(4) Le dépôt de Cornospital en Saint-Tugdual était dans un vase en terre dont j'ai retrouvé quelques fragments chez Mme Dunot au Faouët.

grande abondance d'objets divers : épées à poignée ; poignards à languette ou à soie ; bracelets creux ou à tige torse ; épingles, rasoirs, moules, pièces d'applique, etc. etc... Belz (îlot du Nihen) — Bangor (Calastrène (1) — Groix (Men-Stang-Roh) (2) — Guidel (Kergal) — Guidel (Kerhar) — Questembert (lande du Parc-aux-Bœufs) (3) — Noyal-Pontivy (Couëdic).

La hache à talons ne se retrouve associée à la hache à ailerons que dans le dépôt de Questembert, qui contenait un nombre inouï de pièces fragmentées et des débris de moules en terre.

Un 8e dépôt, celui d'Elven (Kerboulard), qui se réduisait à quelques fragments d'épées, peut être ajouté à cette catégorie.

19 dépôts dans lesquels la hache à douille quadrangulaire et anneau latéral du type armoricain est seule comme type de hache et très rarement associée à quelques objets divers : Augan (Bois-du-Loup) (4) — Belz (Kerclément) — Belz (Kerhuen) — Belz (*Kercadoret*) (5) — Bieuzy — Brandivy (Castelguen) (6) — *Caden* — Kerfourn (Governe) (7) — Le Faouët (Kerauval) — Malguénac — Moréac (Boédic) —

(1) J'ai retrouvé dans les archives de la Société une pièce de 182... de la main de la personne qui fit don au Musée des objets provenant de Calastrène. Je puis donc aujourd'hui préciser que le moule est en réalité une moitié *de moule pour hache à ailerons* (et non pour épée). Ce moule est resté dans la possession du donateur, ainsi que *deux haches à ailerons*.

(2) Le Musée de la Société polymathique possède la totalité du dépôt de Groix depuis le don, par M. le Dr Vincent, des objets qui manquaient, savoir : un fragment et la poignée de l'épée — un fragment d'une autre épée — un fragment de poignard — la partie supérieure d'une 5e hache à ailerons — un 6e lingot.

(3) Parmi les nombreux fragments remplissant une caisse de la réserve du Musée et provenant de ce dépôt de Questembert, j'ai trouvé la partie supérieure d'une seconde hache à talons et un ruban de bronze enroulé.

(4) L'abbé Mahé, dans son livre sur les Antiquités du Morbihan, signale qu'une des haches à douille d'Augan, hache qu'il avait dans sa possession, n'avait que deux pouces de longueur. D'après les notes de l'abbé Marot, publiées dans le Bull. de la Société en 1907, cette hachette est au Musée.

(5) MM. Lallement et Ducourtioux ont offert au Musée de la Société polym. 6 haches à douille du dépôt de Kercadoret. Le Musée possède donc 18 haches de ce dépôt (sur 70).

(6) J'ai déjà publié l'analyse de deux des grandes haches ornementées de Castelguen. J'ajoute aujourd'hui le résultat de l'analyse d'une 3e hache : Cu. = 76,38 — Sn. = 20,86 — Pb. = 0,11 — Oxygène et matières terreuses : 2,65.

(7) Les 31 haches à douille quadrangulaire du dépôt de Kerfourn sont, avec quelques autres du même type, trouvées dans la région de Pontivy, au Musée de la société « Les Amis de Vannes ».

Nivillac *(Branrue)* — Pleucadeuc *(Gournava)* (1) — Plœmeur (Lanénec) — Ploërmel — Quéven *(Kerhor)* — Quéven — Roudouallec (Kerhon) — Riantec (Toulan).

Les cinq dépôts en *italiques* contenaient des haches en *bronze plombeux* ou en *plomb pur*.

Deux dépôts qui ne contenaient que des culots ne peuvent être classés : Saint-Caradec-Hennebont (Kerorch) — Plougoumelen.

Quatre départements seulement sont plus riches que le Morbihan en dépôts de l'âge du bronze : le Finistère avec 109 dépôts — puis les Côtes-du-Nord : 64 -- la Manche : 61 — la Gironde : 50 — le Morbihan vient ensuite avec 47 — puis le Calvados, la Loire-Inférieure, l'Eure, la Seine-Inférieure, etc... On remarquera la richesse du littoral de l'Atlantique et de la Manche.

Une autre observation s'impose : sur ces 47 dépôts du Morbihan, 27 appartiennent à l'âge du bronze IV et 17 à l'âge du bronze III ; un seul appartient à l'âge du bronze I, aucun à l'âge II. Or, c'est exactement le contraire pour la Gironde, où la majorité des dépôts se classe à l'âge II ; preuve, dit Déchelette, du rôle important que la voie commerciale de l'Atlantique a joué dans la diffusion des premiers métaux en Gaule (2).

Dépôts d'objets en or

Je n'ai pas mentionné dans les lignes qui précèdent les *dépôts d'objets en or* trouvés dans le Morbihan.

L'or, qui avait apparu dans les sépultures de la fin de l'âge de la pierre polie sous forme de petites plaquettes ou de perles, est employé plus couramment aux débuts de l'âge du bronze.

(1) La découverte de ce dépôt au moment des semailles, en plein champ, m'avait fait dire que très probablement tout n'avait pas été recueilli. Effectivement, après la récolte on trouvait au même endroit un certain nombre de haches et de lingots en plomb ou en bronze plombeux. M. Talvande, le propriétaire du terrain, a gardé une hache et en a offert au moins une à M. Pitre de Lisle, de Nantes.

Deux nouvelles analyses ont donné les résultats suivants :

    a) Cu. 10,40 — Sn. 0,32 — Pb. 88,12.
    b) Cu. 4,77 — Sn. 0,26 — Pb. 40,72.

(2) Un dépôt du Finistère, Le Folgoët (Pen-er-Prat), contenait, avec des haches à ailerons et des haches à douille, une *hache à talons à deux anneaux latéraux*, type qui ne se rencontre que dans la péninsule Ibérique.

La poignée de l'un des poignards du tumulus de Cruguel, en Guidel, est toute incrustée de petits clous d'or. A Kerusan, en Saint-Jean-Brévelay, une petite feuille d'or ornée de filets en relief et percée de quatre trous, dont deux ont encore en place leur mince clou d'or, devait concourir à l'ornementation d'un manche ou d'un fourreau.

J'attribue également aux débuts de l'âge du bronze :

1o Les deux colliers en or, larges rubans dont la partie centrale est divisée par des incisions horizontales, trouvés dans un vase dans l'une des trois allées du tumulus de Roc'h-Guyon, à Rondossec, près de Plouharnel.

2o Les deux bracelets en or d'Erdeven formés d'un ruban épais terminé à chaque extrémité par un crochet et pesant respectivement 54 et 84 grammes.

3o Les bracelets en or de Kervasoën, en Roudouallec, massifs, ouverts, à tige cylindrique.

4o Le lingot d'or du poids de 1k,400, trouvé dans le bois de Coëtmado, en Kervignac (1).

Louis MARSILLE,

Ancien Président de la Société polymathique.

---

(1) Déchelette. *Manuel.* II. p. 348. — Bull. de la Société polymathique, pr.-verbal de la séance du 23 décembre 1919.

ANALYSES DE BRONZES PROTOHISTORIQUES

DU MORBIHAN

Les dernières analyses que j'ai publiées avaient été faites au laboratoire fondé à Saint-Nazaire par M. L. Campredon. Celles qui suivent sont dues à M. Cheutin, directeur du laboratoire des établissements Panhard et Levassor, qui s'est intéressé à la question et que je remercie bien vivement pour sa gracieuse collaboration. Quelque temps avant la guerre, je lui adressais 7 échantillons de métal prélevés sur des haches de types différents. J'avais opéré ces prélèvements autant que possible au milieu de chaque pièce et dans toute son épaisseur. Ceci parce que la prise sur les bords, et partant à la surface, risque de donner une élévation en étain plus forte qu'ailleurs. On peut se trouver en présence d'une sorte d'étamage. Voici la réponse que je reçus de M. Cheutin :

« **Procédés analytiques employés** — Il y avait lieu de rechercher dans les 7 échantillons la présence de l'étain, du cuivre et du plomb, et si possible de doser ces éléments.

L'étain a été pesé à l'état d'oxyde stannique.

Le cuivre est pesé à l'état de cuivre métallique obtenu par dépôt électrolytique sur cathode de platine.

Le plomb dans 4 et 6 est dosé à l'état de bioxyde obtenu par voie électrolytique sur anode de platine. Dans l'échantillon 7, le plomb a été dosé à l'état de sulfate.

Poids et aspect des échantillons. — 1 — Poids 0 gr. 0559, couleur rouge de cuivre métallique avec parties vertes d'oxydes hydratés ou d'hydrocarbonates. Nous désignerons l'ensemble sous le nom d'oxydes.

2 — Poids 1 gr. 5148, surface très oxydée verte avec cassure rouge brique terne, métal très profondément oxydé.

3 — Poids 0 gr. 0101, particules vertes avec quelques points

rouges brillants : échantillon insuffisant pour affirmer les teneurs de cuivre et d'étain ou même la présence de ce dernier métal.

4 — Poids 1 gr. 2387, surface très oxydée, parties très dures à la lime, alliage très profondément désagrégé.

5 — Poids 0 gr. 1389, surface oxydée, couleur rouge brique terne : alliage très profondément oxydé.

6 — Poids 17 gr. 5684, fragment très oxydé, cassure rouge brique terne ; si on lime une surface on remarque que la couleur de l'alliage est extrêmement variable (du jaune clair au jaune foncé avec des îlots rouges), indice certain de son hétérogénéité.

Afin d'avoir une analyse moyenne, il a été percé de petits trous sur l'échantillon. Le perçage a laissé échapper des copeaux tantôt jaunes, tantôt rouges et même une poussière rouge brique, cette dernière étant certainement un oxyde de cuivre.

7 — Echantillon de couleur jaune foncé présentant une particularité intéressante. Un premier examen nous avait fait supposer que l'on se trouvait en présence d'un alliage, mais qu'une soufflure importante avait été comblée avec un alliage mou de plomb. Il n'en est rien, on se trouve certainement en présence d'un alliage plombeux très fortement oxydé extérieurement. Il a été isolé une quantité suffisante de l'alliage mou central, quantité qui a été analysée sous le N° 7 bis.

Nos	TYPE	PROVENANCE	Cu.	Sn.	Pb.
1	Hache plate.....	Carnac	96,9	traces	
2	—	Pleucadeuc	78,28	8,98	
3	—	Questembert	91,75	8,10	
4	Hache à bords dr.	Quéven.........	48,58	7,94	0,14
5	Hache plate	Theix	80,7	7,93	
6	H. à douille quad.	Brandivy.......	76,38	20,86	0,11
7	—	Pleucadeuc	4,77	0,26	40,72
7bis	—	—	10,40	0,32	88,12

Remarques — Tous les résultats précédents sont calculés pour cent de l'échantillon primitif. Si l'on totalise le poids pour cent de tous les éléments d'un même alliage, on remarque qu'il y a un gros déchet, surtout pour les alliages 4 et 7. Ceci est dû uniquement à l'oxydation importante des échantillons soumis. 7, comme nous l'avons vu, est uniquement constitué par des oxydes, avec centre métallique. La différence entre le poids initial 100 et la somme des poids des éléments dosés représente donc la quantité d'oxygène combiné ou à l'étain, ou au cuivre, ou encore au plomb, sans qu'il soit possible de dire lequel de ces métaux est le plus spécialement oxydé. »

Les 7 échantillons remis à M. Cheutin étaient contenus dans des feuillets de papier numérotés de 1 à 7. M. Cheutin ignorait donc le type de hache auquel chacun d'eux appartenait. Le résultat des analyses des haches plates est des plus instructifs, et ses observations sur le n° 6 (grande hache à douille ornementée du dépôt de Castelguen en Brandivy) bien précieuses, comme nous le verrons.

Je vais, en tenant compte de ces analyses et des précédentes, passer rapidement en revue les différentes phases de l'âge du bronze dans le Morbihan.

Les objets en métal se rencontrent : 1º dans les sépultures — 2º dans les dépôts : groupement d'objets enfouis intentionnellement hors des sépultures et que rien ne décèle à l'extérieur — 3º isolément.

Age du bronze I et II

1º **Sépultures** — Dans les premiers monuments de l'âge du bronze, le métal apparaît associé à la pierre. Ce sont les sépultures à belles pointes de flèche en silex dont voici les principaux caractères.

Un tumulus, toujours d'assez grandes dimensions, abrite un caveau rectangulaire à parois maçonnées en pierres sèches ou creusé dans le sous-sol naturel. Au fond du caveau un plancher de bois ; parfois les parois sont également boisées. La couverture est constituée par une ou deux grandes dalles de pierre. Le mobilier se compose de haches plates, parfois avec légers rebords obtenus par martelage des côtés, en cuivre ou en bronze, de poignards triangulaires, en cuivre ou en bronze, dont le manche est souvent orné de petits clous d'or, et de ces pointes de flèche en silex d'un travail admirable auxquelles on a donné le nom de « flèches du type armoricain », car elles sont plus communes en Bretagne que partout ailleurs. L'absence de toute poterie est caractéristique.

Dans l'un de ces monuments, à Coët-er-Garf, en Elven (Morbihan), on trouva dans une couche de bois pourri une hache plate, 3 poignards et 29 pointes de flèche en silex à pédoncule et à ailerons.

Analysés par les soins du laboratoire de la faculté des sciences de Rennes, la hache plate et deux poignards ont été reconnus en *cuivre pur*, le troisième poignard était en *bronze normal* (Cu. 86,30 — Sn. 13,67).

J'ai relevé dans le Bulletin de la Société polymathique du Morbihan, année 1913, p. 110-121, une liste des principaux tumulus des premières phases de l'âge du bronze dans le Morbihan et noté leurs caractéristiques.

2º Dépôt — Je ne connais qu'un seul dépôt appartenant aux débuts de l'âge du bronze dans le Morbihan : celui de deux haches plates découvert sur la lande de Lanvaux, dans la commune de Pluherlin.

3º Objets rencontrés isolément — Des haches plates ont été trouvées seules à Cléherlan en Questembert, Kerandrun en Theix, Sainte-Anne en Pluneret, Kerogèle en Carnac, Le Lizo en Carnac (une autre hache très grande, de 0m,19 de longueur, conservée au musée de Kernuz, provient également de Carnac), Le Linio en Pleucadeuc, l'Acensie en Saint-Congard, Callac en Plumelec, Moustoir-Lan en Malguénac, soit, en comptant celles des sépultures, un total de 17 haches plates provenant du Morbihan.

L'examen attentif de ces 17 haches permet de les grouper en trois catégories *d'après leur extérieur*.

a — **Un type primitif** caractérisé par l'analogie de la hache de métal avec la hache plate de pierre qui constitue le dernier terme de l'outillage néolithique. Les bords sont

presque rectilignes. Les angles (union d'un bord avec la face)
sont arrondis et atténués. Le talon est ordinairement convexe.
Le tranchant également, parfois les faces le sont aussi. La
forme générale est plutôt triangulaire. De plus, les surfaces
sont rugueuses. Cette rugosité, qu'il importe de ne pas con-
fondre avec celle produite par la décomposition du métal, est
due à la façon dont la hache a été faite : coulée dans la
terre. Enfin les haches de ce type sont le plus souvent de
petites dimensions.

b — **Un type évolué.** Les bords deviennent concaves. Les
côtés sont équarris. Le talon est droit ou sinueux, aminci,
quelquefois aplati par martelage. Le tranchant s'évase, s'étale.
Les faces sont polies, ce qui implique l'usage d'un moule de
pierre et peut-être un polissage ultérieur. Enfin ces haches
sont plus grandes que celles du type primitif.

c — **Un type perfectionné** caractérisé par l'existence de
légers rebords obtenus par martelage des côtés. Ce type ne
s'est rencontré que dans les sépultures du premier âge du
bronze, en même temps que des poignards triangulaires et,
dans deux cas sur trois, avec des belles pointes de flèche en
silex à pédoncule et à ailerons.

Sur les 17 haches plates recueillies dans le Morbihan, 4
appartenant à la 3e catégorie ont été trouvées dans les sépultures, 2 du type évolué constituaient un dépôt, les 11 autres,
primitives ou évoluées, ont été découvertes isolément. Ces
dernières sont donc vraisemblablement des objets égarés ou
abandonnés : il n'y aurait rien d'étonnant cependant qu'une
hache isolée ait constitué un dépôt, c'est-à-dire qu'elle ait été
enfouie intentionnellement en dehors d'une sépulture. Le
fait a pu se produire surtout à l'apparition du nouveau métal.

En réalité, y a-t-il eu évolution de la hache plate, ou, en
d'autres termes, le type primitif est-il plus ancien que le type
évolué?

C'est ici le moment de poser la question : « *un âge du
cuivre ayant précédé l'âge du bronze a-t-il existé en Armorique ?* » question à laquelle M. du Chatellier faisait naguère
cette réponse (1) : « Nous apportons à cette question les

(1) Bull. de la Soc. archéol. du Finistère. T. xxix. 1902, p. 261.

analyses faites sur 16 haches plates reconnues en *cuivre*,
prises dans 4 de nos départements bretons : La Loire-
Inférieure, l'Ille-et-Vilaine, les Côtes-du-Nord (1) et le Finis-
nistère ; le Morbihan échappe seul à notre investigation, ne
connaissant pas d'analyse faite sur des armes trouvées dans
ce département. C'est fâcheux, car tout porte à croire que les
résultats y seraient les mêmes.

« Evidemment nous n'avons pas la prétention d'avoir
résolu la question, mais seulement celle d'y avoir apporté
une contribution qui milite en faveur d'une époque du cuivre
en Armorique, au début de l'époque des armes en métal,
époque caractérisée par les haches plates qui ont succédé
aux armes en pierre polie dont elles ont pris la forme. »

Aujourd'hui le Morbihan apporte sa réponse à la même
question, et cette réponse est nettement négative, en contra-
diction avec celle que je viens de mentionner.

En effet, dans la sépulture à belles pointes de flèche en
silex de Coët-er-Garf, en Elven, sur 4 armes en métal, 3,
une hache plate et 2 poignards triangulaires, sont en cuivre
pur ; mais le troisième poignard triangulaire est en bronze, et
non pas en bronze pauvre, mais en bronze normal : il contient
13,67 pour 100 d'étain (1).

Et ce n'est pas tout : j'ai fait analyser 4 autres haches
plates découvertes isolément dans le Morbihan, et voici les
résultats :

	Cu	*Sn*
Hache plate de Carnac......	96,9	traces
— de Pleucadeuc..	78,28	8,98
— de Questembert.	91,75	8,10
— de Theix.......	80,7	7,93

Si, tenant compte du déchet (oxygène et matières terreuses),

(1) Le tumulus de Mouden-Bras, en Pleudaniel (Côtes-du-Nord), a donné, outre
36 pointes de flèche en silex à pédoncule et à ailerons, 8 poignards en métal,
4 haches plates, 1 disque en métal, 4 épingles dont 3 en argent. *Analysés, les poignards ont été reconnus en cuivre pur, tandis que les fragments de haches ont
donné une proportion anormale d'étain*, environ 25 %.

Or, le tumulus de Mouden-Bras est sûrement de la même époque que celui de
Coët-er-Garf, c'est-à-dire du premier âge du bronze. Ces analyses, rapprochées,
montrent qu'il n'y a pas eu en Armorique un *âge du cuivre* proprement dit : placée
sur la route de l'étain, exploitant elle-même ses gisements de *cassitérite*, l'Armorique a connu le bronze presque aussitôt que le cuivre.

on calcule la proportion de l'étain dans le bronze, on arrive aux chiffres de 10,29 pour la hache de Pleucadeuc, 8,11 et 8,94 pour celles de Questembert et de Theix. Donc, sur ces 4 haches plates, une seule est en cuivre, encore montre-t-elle des traces d'étain ; 2 autres, du type primitif également, révèlent une proportion d'étain assez forte ; la 4e, du type évolué, peut être considérée comme en bronze normal.

Le Morbihan échappe-t-il donc à la règle commune ?

Il y a au moins là un argument sérieux en faveur d'une fabrication locale. D'ailleurs, la rugosité des faces de la hache du type primitif peut aussi bien être considérée moins comme un indice d'ancienneté que comme une preuve de la fabrication locale. Je n'invoquerai pas à l'appui la découverte dans le Morbihan, à Plouharnel-Carnac, d'un moule en granit pour hache plate du type évolué. Je tiens cette découverte pour non avenue, et cela sur le vu du fac-similé de ce moule possédé par le Musée de la Société polymathique. Mais je rappellerai que notre Musée possède une grande hache en fibrolithe compacte, au tranchant usagé, trouvée dans les déblais d'une exploitation à ciel ouvert de la cassitérite de la Villeder.

L'ensemble de ces faits ne permet pas de conclure à l'existence d'un « Age du Cuivre » précédant « l'Age du Bronze I » dans le Morbihan : il est impossible de les distinguer.

Et s'il fallait absolument admettre l'existence d'une *phase* du cuivre, il faudrait alors lui attribuer les monuments dans lesquels on a trouvé le vase caliciforme et la callaïs qui font partie en Armorique d'un mobilier exclusivement lithique, mais qui sont accompagnés partout ailleurs d'armes en métal. « Les racines de l'âge métallique sont dans les temps où s'épanouit le néolithique », dit Ischer.

☩

En martelant les côtés de la hache plate, on obtenait des rebords latéraux destinés à assujettir le manche. Plus tard, les rebords sont fondus avec la pièce. Ce dernier type de *hache à bords droits* est très rare dans le Morbihan. On ne le rencontre jamais dans les sépultures. Je n'en connais pas de dépôts. Je mentionnerai seulement quelques spécimens trouvés isolément : l'un à Peillac, un autre à Quéven, un troisième sur un point indéterminé du département ; ces deux derniers sont entrés au Musée de la Société polymathique. Un autre au Musée de Rennes (n° 1.064) provient des environs de Vannes et porte des étranglements sur les bords. (Coll. de Robien) long. 0,140.

L'analyse d'un fragment de la *hache à bords droits* de Quéven a donné : Cu. : 48,58 — Sn. : 7,94 — Pb. : 0,14, soit une proportion de 14,04 d'étain dans le bronze, donc un bronze normal.

La présence du plomb a été constatée ailleurs dans la hache à bords droits, mais la proportion en reste toujours infime.

Cette rareté de la hache à bords droits dans le Morbihan est à souligner : très nombreuses dans la Gironde, communes en Vendée, elles deviennent plus rares à partir de la Loire-Inférieure. On peut tirer de cette observation des conclusions intéressantes.

Age du bronze III

1° **Sépultures.** — Nous chercherions en vain dans le Morbihan les sépultures que leur mobilier funéraire nous permettrait d'attribuer avec certitude aux phases III et IV de l'âge du bronze.

2° **Dépôts.** — Par contre, les *dépôts* vont devenir de plus en plus nombreux (1). Sur les 47 dépôts d'objets en bronze que je connais dans le département, 17 appartiennent à cet âge III. Les haches à talons, dérivées du type précédent (2), ne sont accompagnées d'aucun autre type de hache. Les pointes de lance à douille sont communes. Des bracelets massifs, ouverts, portent, gravée au burin, une décoration géométrique. Quelques fragments d'épées à soie, ou de poignards, et de rares objets divers complètent ces dépôts.

(1) Je renvoie, pour la composition détaillée de ces dépôts et le lieu de la découverte, aux deux études publiées dans le Bulletin de la Société polymathique : la première en 1913, la seconde dans le présent fascicule.

(2) D'abord une nervure transversale unit simplement les rebords vers le milieu de la lame : c'est le cas des haches d'Erdeven. Puis les rebords saillants sont limités au talon de la pièce.

3º **Objets rencontrés isolément.** — Des haches à talons ont encore été trouvées isolément en Peillac, en Guidel près du dolmen de Lez-Variel et non dans le monument comme il a été dit. Une autre, entrée au Musée de la Société, vient d'un point indéterminé du département. Une dernière, également au Musée, proviendrait du dolmen du Mané-Gatannec.

Je n'ai pas d'analyse d'objet de cette phase découvert dans le Morbihan à publier. Partout ailleurs le bronze est normal.

Age du bronze IV

1º **Sépultures.** — Toujours inconnues.

2º **Dépôts.** — Il me paraît nécessaire de faire une distinction entre les dépôts armoricains du dernier âge du bronze. Je sépare les dépôts où la hache à douille est associée à la hache à ailerons — et ceux où la hache à douille quadrangulaire du type spécial et si commun en Armorique est seule comme type de hache. Cette distinction se justifie par plusieurs observations. La hache à douille dérivée de la hache à ailerons porte souvent, sur les plats, des ailerons simulés ; elle est d'apparence trapue, le tranchant le plus souvent élargi, la douille fréquemment ronde ou octogone ; même si la douille est carrée, elle reste facilement reconnaissable.

Au contraire, la hache à douille qui lui succède est d'un type plus allongé, le tranchant proportionnellement moins large, la douille plus profonde et presque toujours rectangulaire. Alors que la première est le plus souvent accompagnée de haches à ailerons et d'une quantité d'objets divers, la seconde ne se trouve guère qu'avec d'autres haches semblables, du même type, fréquemment en grand nombre, allant quelquefois jusqu'à plusieurs milliers et rarement accompagnée d'objets divers.

Il y a également une grande différence dans la taille : sensiblement la même, à peu de chose près, pour la première, elle devient extrêmement variable pour la seconde. Les haches de Brandivy ont une longueur moyenne de 0,145. Une des haches du même type du dépôt de Pleucadeuc, une autre trouvée à la Roche-Bernard, une partie de celles de Nivillac, les 4.000 du dépôt de Maure-de-Bretagne sont moitié plus petites : 7 centimètres de longueur et au-dessous : 0^m,053. D'après l'abbé Mahé, celles du dépôt d'Augan (Morbihan) n'auraient eu que deux pouces de longueur (1).

Enfin la distinction est encore affirmée par l'analyse. Avec la hache à ailerons, le plomb fait son apparition intentionnelle dans l'alliage, mais il ne dépasse pas une proportion relativement faible et la teneur en étain est celle du bronze normal. La proportion de plomb augmente dans la hache à douille ronde, mais la proportion de l'étain reste normale. Avec la hache à douille rectangulaire du type armoricain, aucune proportion n'est plus respectée; l'ouvrier fond ensemble tous les métaux qu'il a sous la main, sans aucun souci de la qualité de l'alliage à obtenir.

Voici, à l'appui, le résultat de l'analyse de 4 haches à ailerons — et de 4 haches à douille quadrangulaire :

TYPE	PROVENANCE	Cu.	Sn.	Pb.	Nic. et Cob.	Fer	ANALYSES
Hache à ailerons.	Questembert	86	11,72	2,12			G. Delvaux. École des Mines
—	—	85,50	12,39	1,52			—
—	—	85	11,58	3,09			—
—	—	84	13,80	1,77			—
H. à douille quad.	Brandivy	88,96	5,18	3,04		traces	Campredon
—	—	71,72	24,52	0,30		traces	—
—	Indéterminée	67,51	5,00	24,03	0,06	0,25	G. Delvaux
—	Pleucadeuc	8,00	0	86,66		0,14	Campredon
—	—	10,40	0,32	88,12			Cheutin

Je renvoie, pour plus de détails, au tableau que je publie en final de ce travail. L'on voit donc que jusqu'à l'apparition de la hache à douille quadrangulaire du type spécial dit armoricain, la proportion de l'étain est normale, et le bronze

(1) Essai sur les antiquités du Morbihan, p. 420.

obtenu est excellent, malgré l'addition intentionnelle d'un peu
de plomb. Or, ce serait au moment où l'ouvrier est devenu
le plus habile qu'il produirait un alliage inutilisable, cassant
ou mou. Evidemment il le fait avec intention. Le dernier
terme de la hache, en plomb pur ou en plomb additionné de
quelques parties de cuivre, montre bien que la hache n'est
plus destinée à l'usage. La hache à douille quadrangulaire
est devenue un objet exclusivement votif ou un instrument
d'échange, et je groupe les 27 dépôts de l'âge du bronze IV
en deux catégories :

1re) Les dépôts où les haches à douille sont associées aux
haches à ailerons ;

2e) Ceux où la hache à douille quadrangulaire est seule.

La 1re série comprend 8 dépôts.

La 2e série en comprend 19. C'est de beaucoup la plus
nombreuse. Sur ce nombre, 5 dépôts contiennent des haches
en bronze plombeux ou en plomb pur.

Les dépôts de la 1re série renferment, avec la hache à
ailerons et la hache à douille ronde, une profusion d'objets
divers : épingles à tête de pavot, boutons, anneaux, bracelets
côtelés ou à tige torse, pièces d'applique, fragments d'épées
à lame avec nervure centrale et à soie en forme de poignée
à rebords, avec trou ou fente médians, rasoirs quadrangulaires
à un tranchant et trou de suspension près de l'arête dor-
sale, etc... etc...

Les dépôts de la 2e série ne contiennent presque exclusivement que des haches du même type à douille quadrangulaire
et anneau. Très peu d'objets divers. Par contre, ces haches
sont souvent en grand nombre. Le dépôt d'Augan en comp-
tait 200, celui de Roudouallec 170. Quelquefois un lingot de
plomb est serti dans la douille. A la fin de la période, la hache
est en bronze plombeux ou en plomb pur. Les dépôts de
Pleucadeuc et de Nivillac sont les deux plus importants dépôts
de haches en plomb que l'on connaisse. Plus de 50 haches à
Pleucadeuc, 150 à Nivillac. Or tous les deux sont dans le
Morbihan. Je ne reviens pas sur ce sujet, l'ayant traité assez
longuement dans le Bulletin de la Société polymathique,
année 1913 (1).

(1) Les dépôts de Saint-Caradec-Hennebont et de Plougoumelen, qui ne contenaient
que des culots ou lingots de bronze, ne sont pas compris dans ce classement.

3° **Objets rencontrés isolément** — Je ne mentionne pas toutes les haches à douille quadrangulaire rencontrées isolément. Cela m'entraînerait trop loin. On m'en signale dans tous les coins du département : A Groix (Dʳ Vincent), à Kermandio en Melrand (Emile Gilles), à Baud, etc... etc...

Le musée de la Société polymathique en possède 25 sans indication de provenance.

Les observations qui précèdent et l'étude du tableau qui suit conduisent aux conclusions suivantes :

Le bronze ne paraît pas se fabriquer en fondant ensemble les minerais des divers métaux, mais bien en partant de ces métaux isolés. Dans beaucoup de dépôts, les haches ou objets divers sont en bronze normal, et des culots ou lingots trouvés dans la même cachette sont en cuivre pur. Il en est ainsi à Questembert. Ce qui le prouve encore, c'est que le bouton de coulée contient davantage de Pb. que le corps de la hache.

Si les proportions des métaux employés pour fabriquer des objets de même nature ne sont pas toujours les mêmes pour les objets d'une même cachette, du moins on ne trouve pas, avant les dépôts de haches à douille quadrangulaire, un écart considérable. Pour ces dernières seules l'écart est énorme, ce qui prouve leur inutilisation. M. Cheutin souligne l'hétérogénéité des haches de Brandivy : « Si on lime une surface, on remarque que la couleur de l'alliage est extrêmement variable, allant du jaune clair au jaune foncé avec des ilots rouges. » Et M. le colonel Krebs m'écrivait à propos des haches de Pleucadeuc : « A l'examen microscopique et même à l'œil nu, on constate un mélange très imparfait des métaux qui forment l'alliage : des scories provenant sans doute de la coulée faite sans précautions suffisantes sont incorporées dans le métal... »

En résumé, dans le Morbihan :

— La hache plate contient souvent une assez forte proportion d'étain.

— La hache à bords droits contient un peu de plomb, mais pas d'une façon appréciable.

ANALYSES DES BRONZES PROTOHISTORIQUES DU MORBIHAN

OBJET	LOCALITÉ	CUIVRE	ETAIN	PLOMB	FER	NICKEL	ZINC	ANT.	O	ETAIN dans le BRONZE	LABORATOIRE
Hache plate......	Carnac (Le Lizo)...	96,9	traces	0						traces	Analyse Cheutin
—	Theix (Kerandrun)..	80,7	7.93	0						8.94	—
—	Questembert (Cléberlan)	91,75	8.10	0						8.11	—
—	Pleucadeuc (Linio)..	78,28	8,98	0						10,29	—
—	Elven (sépulture de Coët-er-Garf).....	100	0	0						0	Faculté de Rennes
Poignard triangul..	—	100	0	0						0	—
—	—	100	0	0						0	—
—	—	86,30	13,67	0						13,67	—
—	Env. de Lorient....	100	0	0						0	Labor. marine Lorient
Hache à bords droits	Quéven	48,58	7,94	0,14						14,04	Analyse Cheutin
Hache à ailerons ..	Questembert (Dépôt de la Lande du Parc-aux-Bœufs)	84	13,80	1,77						14.11	Anal. G. Delvaux 1863, chimiste attaché à l'école imp. d. mines
—	—	85,50	12,39	1.52						12,65	—
—	—	85.00	11.58	3,09						11,99	—
—	—	86,00	11.72	2,12						11,75	—
Épée.............	—	85,00	10.54	3,82						11.03	—
Poignard.......	—	88,00	10.14	1,43		Nic. et Cob.				10.33	—
Lance à douille ...	—	85,87	9.58	1,73	0,20	0,03			2,59	10 03	—
Gouge à douille...	—	85,00	13.75	0,27						13,92	—
Rasoir	—	86.00	11.94	1,60						12,19	—
—	—	86,00	11.34	1,40						11,64	—
Objet indéterminé .	—	89,00	10.31	0,22						10.38	—
Jet de bronze	—	74,54	14,31	10,67	0,15	0,30				16,10	—
—	—	72,00	12,77	14,48						15,06	—
—	—	90,00	9.87	0,13						9,88	—
Culot	—	95,00	tr.	tr.		tr.	tr.	S. 0,84		tr.	—
—	—	96.00	tr.	tr.		tr.	tr.	S. 0,72		tr.	—
Hache à douille quad.	Brandivy (Castelguen)	88,96	5.18	3,04	0 ou tr.		0	0	2,82	5,50	Analyse Campredon
—	—	71,72	24.52	0,30	0 ou tr.		0	0	3,46	25,47	—
—	—	76.38	20.86	0,11		Nic. et Cob.				21.45	Cheutin
—	?	67.51	5.00	24,03	0,25	0,06			3,15	6,89	Delvaux
—	Pleucadeuc (Gournava)	10,40	0,32	88.12						2,98	Cheutin
—	—	4.77	0,26	40.72.						5,16	
—	—	8,00	0	86,66	0,14			0.	0	5,20	0	Campredon
—	Nivillac (Branrue)..	8,87	Sa. et Fe. 1,67	89,46							Andouard
—	—	8,90	0,95	90,15							
—	—	Cu. et Fe. 1.38	0	98.69.							

— La hache à ailerons montre l'addition intentionnelle d'un peu de plomb.

— La hache à douille quadrangulaire longue et étroite est faite d'un alliage incohérent allant du bronze d'étain pauvre au bronze plombeux, puis au plomb pur.

— Le Morbihan occupe le centre de l'aire de dispersion géographique du plomb en Armorique à la fin de l'âge du bronze.

Louis MARSILLE,

Ancien président de la Société polymathique.

www.ingramcontent.com/pod-product-compliance
Lightning Source LLC
Chambersburg PA
CBHW061625180626
46818CB00005B/2244